메제 마니케

파르팔레

콘킬리에

펜네

논밭 탱글

누들 수영장

에구치 요시코 글 / 후리야 나나 그림 / 황소연 옮김

야~ 덥다, 더워!

뜨거운 여름날에는 역시 다 같이 수영장에 놀러 가야죠!

냉국수면 유치원 친구들도
한 줄 나란히 수영장에 가고 있어요.

오늘은 분홍반, 초록반 선생님이 함께랍니다.
서른 가락 냉국수면 친구들은
줄을 맞춰서 한 줄 나란히 걸어갔지요.
신이 나서 폴짝폴짝, 구불구불 가는 친구도 보였어요.

면발 탱글 누들 수영장이에요.
라면 아저씨, 메밀면 아주머니, 마카로니 할아버지……,
수영장은 온갖 면들로 북적였어요.

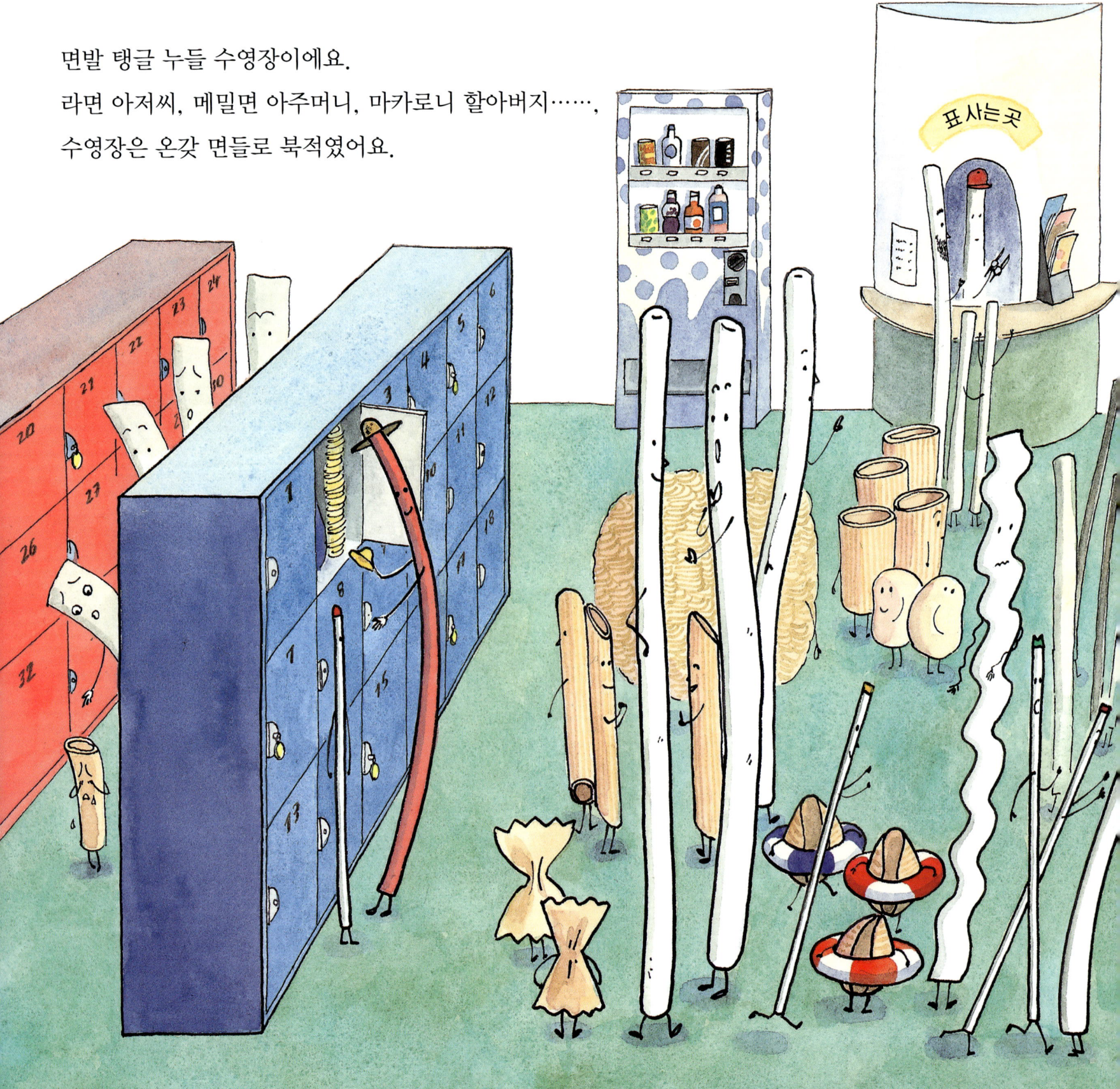

"냉국수면 친구들! 여기 얼음물 파도 풀장에서만 놀기로 해요.
다른 풀장에 가면 안 돼요! 장난치다 엉키면 큰일이니까,
몸을 길게 쭉쭉 뻗고요! 꼭꼭 약속해요!"
분홍반 선생님이 몇 번씩 당부를 하는데도,
아무도 귀담아 들으려 하지 않았어요.
시원한 파도 풀장에 앞다퉈 뛰어들기 바빴거든요.

첨벙　첨벙　첨버엉

휘휘~ 뱅글뱅글~ 씽씽~ 돌고 도는 파도타기는
그야말로 환상이었어요.

냉국수면 친구들은 출렁~출렁~
파도 타는 재미에 폭 빠졌지요. 선생님 당부는 까맣게 잊고요.

얼마 지나지 않아,
여기저기에서 비명이 터져 나왔어요.
냉국수면 친구들이었지요.

왈왈 시끌시끌, 아이들 고함 소리에
파도 풀장은 그야말로 아수라장이었어요.
분홍반 선생님과 초록반 선생님은
부둥켜안은 냉국수면 친구들을 떼어 놓으며,
다른 면들에게 연신 "죄송하다."고
사과해야 했지요.

"앗, 우리 서로 감겼어요!"
"야, 너 조심하라고!"
"으악, 베베 꼬였어요. 너무 아파요!"

삐익삐~ 삑! 삑!
마침내 초록반 선생님이 호루라기를 불었어요.
"냉국수~ 냉국수면 친구들은
 모두 파도 풀장에서 나오세요!
 얼른 나옵니다, 얼른!"

"왜? 무슨 일이야?"
"에이, 한창 신나게 놀고 있었는데….""
냉국수면 친구들이 툴툴거리며 모여들었어요.
"우리의 약속 기억하죠? 약속을 지키지 않으면
 수영장에서 더 놀 수 없습니다! 알겠어요?"
초록반 선생님의 호통에 친구들은 몸을 바짝 세우고 대답했어요.
"네에!"

"그럼 이제 약속을 잘 지켜 주리라 믿고,
파도 풀장에서 조금 더 놀겠어요.
그 전에 다 모였는지 번호를 한번 불러 봅니다!"
줄을 맞춰 한 줄 나란히 선 냉국수면 친구들은
"하나", "둘", "셋"…… 번호를 셌어요.

그런데
"스물일곱", "스물여덟"

······조~용 .

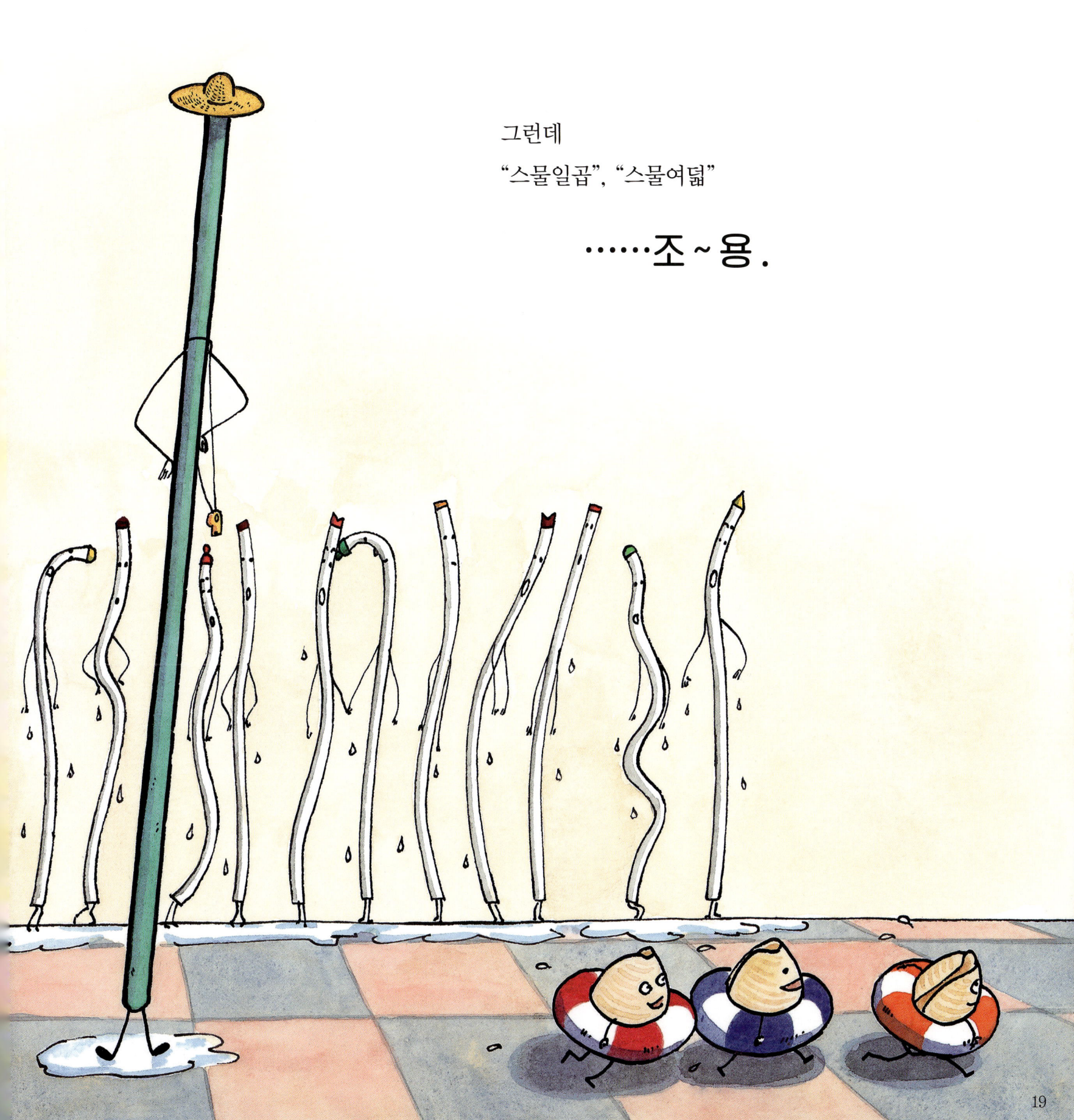

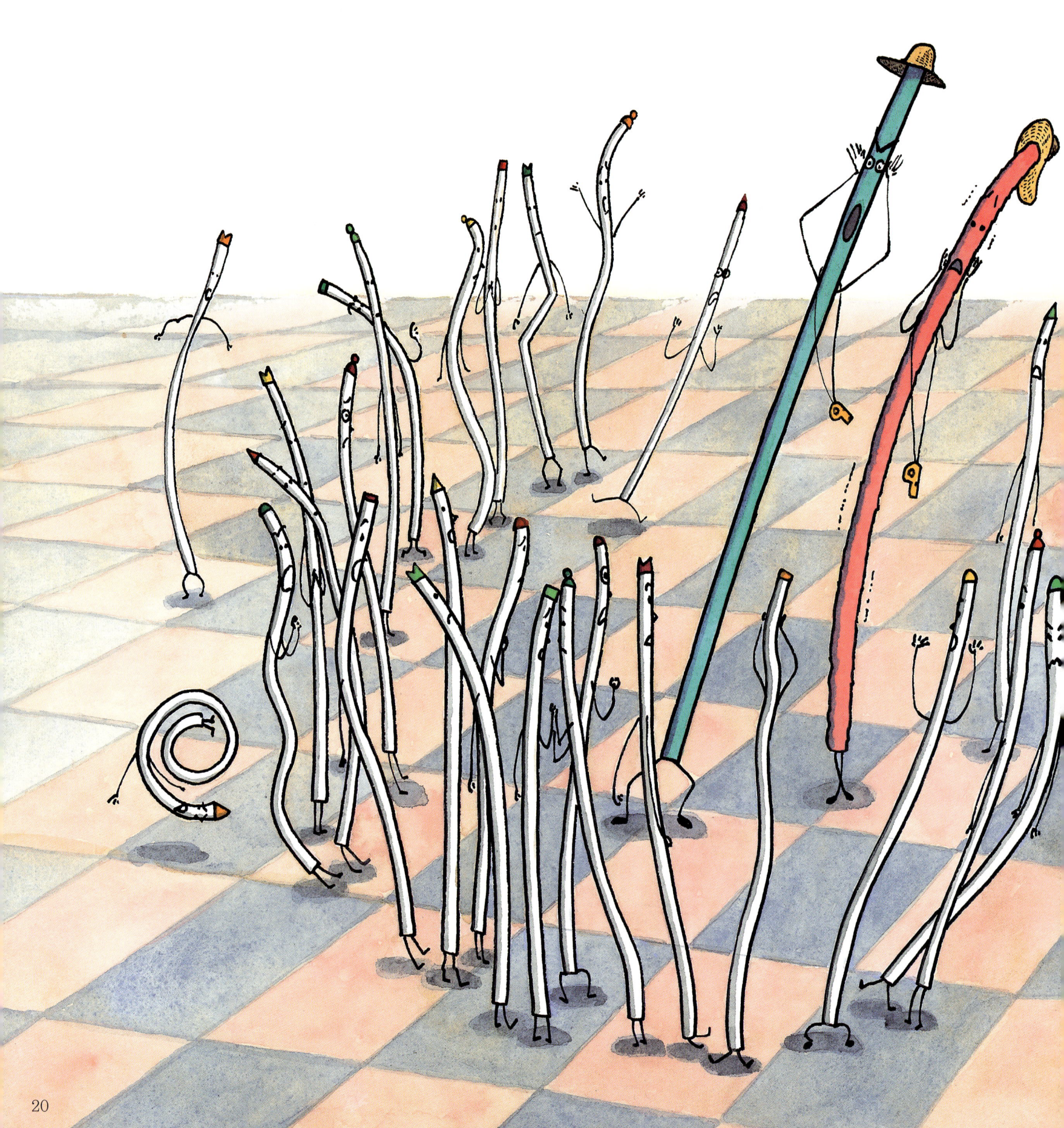

아니, 이게 웬일이에요?
냉국수면 친구가 둘씩이나 보이지 않다니요!
"이런! 어쩌죠, 초록반 선생님?"
"그러게요. 제가 한번 찾아볼게요."
초록반 선생님이 막 찾아 나서려는데,
저쪽에서 소면 유치원 선생님이 다가왔어요.
냉국수면 친구 하나의 손을 잡고서요.

"이 아이, 냉국수면 친구 맞지요?
 우리 소면 유치원 친구들 사이에 섞여 있어서요."
"네, 냉국수면 아이 맞습니다! 정말 고맙습니다!"
초록반 선생님이 냉국수면 친구를 보며 눈을 찡그렸어요.
"요놈, 조심했어야지! 어쩌다 거길 간 거야?"
"선생님, 죄송해요. 그만 길을 잃어버려서…."
냉국수면 친구가 엉엉 울음을 터뜨리자,
분홍반 선생님이 꼬옥 안아 주었어요.
휴우, 정말 다행이에요.
그런데 또 한 친구는 어디로 갔을까요?

초록반 선생님은 하나 남은 냉국수면 친구를 찾아
탈의실이며 매점, 샤워실을 구석구석 헤집고 다녔어요.
하지만 어디에도 보이지 않았지요.
그때였습니다.
"큰일났어요! 아이가 쓰러졌어요!"
어른만 가는 뜨거운 온수 풀장에서
다급한 목소리가 들려왔어요.

온수 풀장은,
물거품이 보글보글 끓어 대는
동네 사우나 같은 풀장이지요.
초록반 선생님이 쏜살같이
달려갔어요.

온수 풀장 근처에, 흐물흐물 퍼져 있는
냉국수면 친구가 보였지요.
"얼음물 샤워기! 빨리요, 빨리!"
쏴아쏴아~ 찬물을 끼얹자
퉁퉁 불은 냉국수면 친구가 차츰 기운을 차렸어요.

"이 녀석! 다른 풀장에 가면 안 된다고 그렇게 일렀건만!
온수 풀장은 덩치 큰 어른 면들만 들어가는 곳이라고!"
초록반 선생님이 버럭 소리를 질렀어요.
"선생님, 아이가 무사하니 얼마나 다행이에요.
이제부터는 조심할 거예요."
부리나케 달려온 분홍반 선생님이
초록반 선생님을 말렸지요.

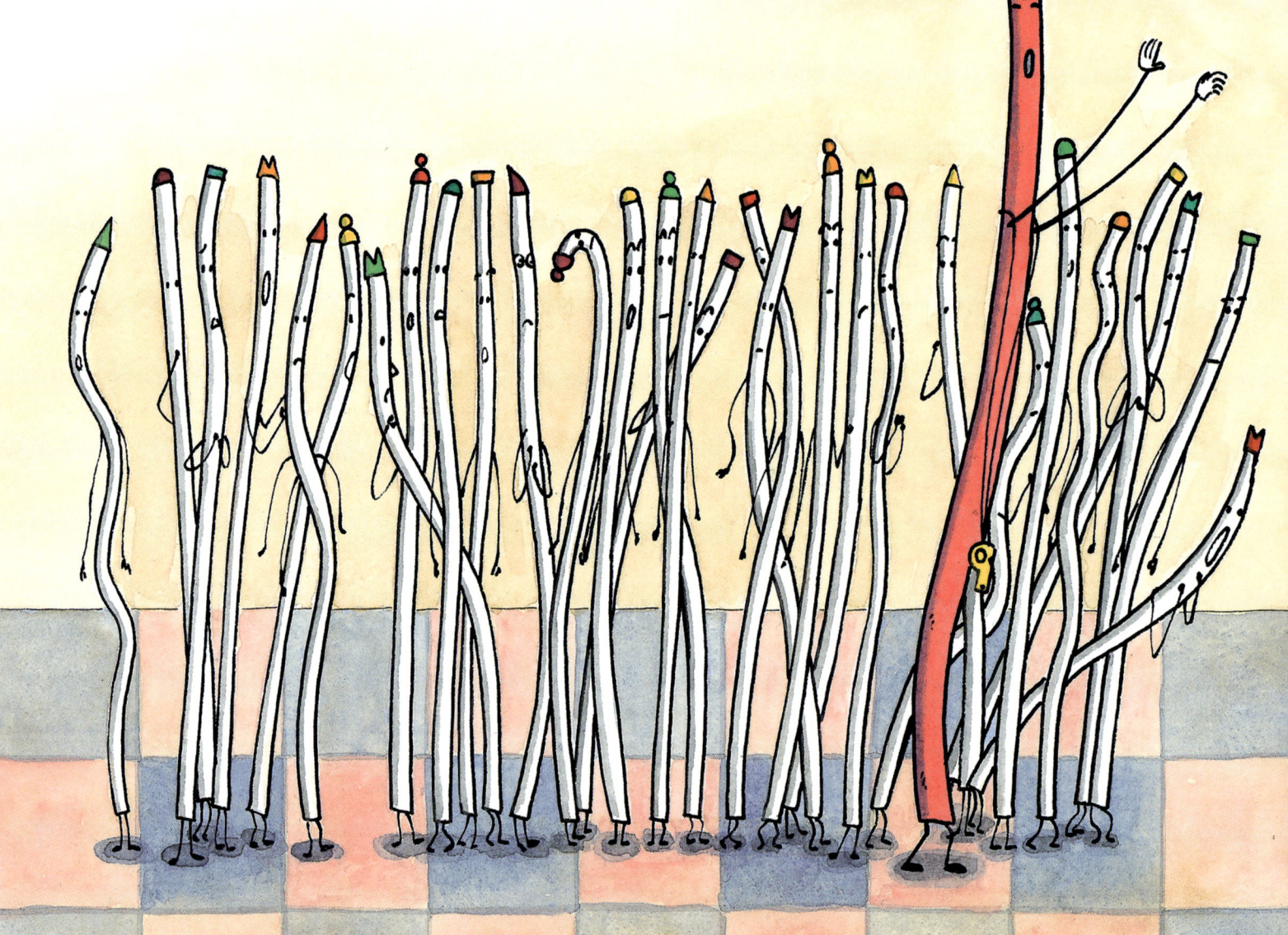

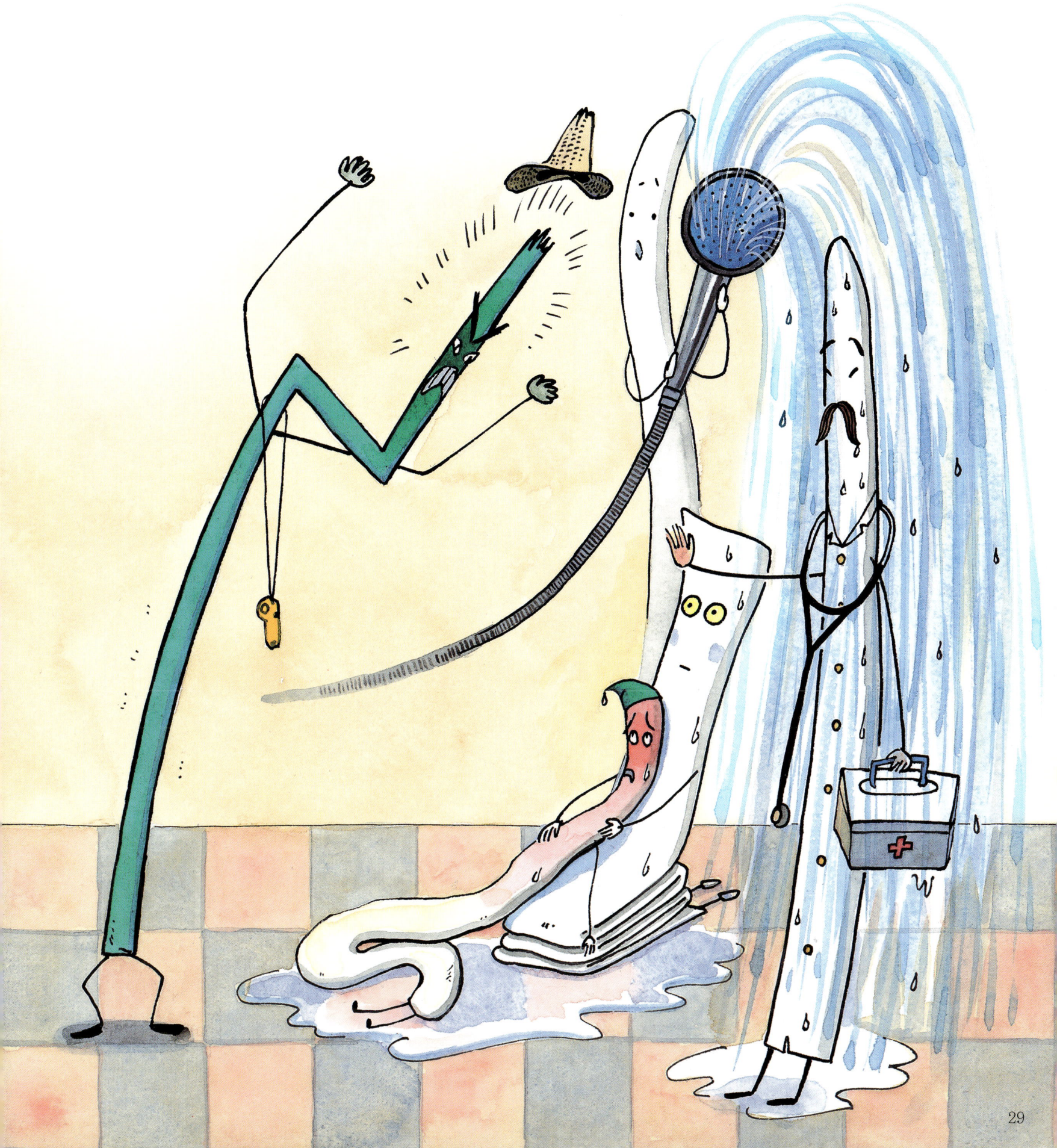

서른 가락 냉국수면이 모두 모이자,
친구들은 꼬불꼬불 몸을 흔들며 기뻐했어요.
초록반 선생님은 일부러 화난 척하면서도,
퉁퉁 불은 아이를 내내 업어 주었지요.

펀림 탱글 누들 수영장!

신나는 물놀이를 마치고,
냉국수면 유치원 친구들은
한 줄 나란히 수영장을
나왔습니다.

32

작은 소동이 있었지만, 수영장은 내일도 모레도 또 가고 싶은 곳이지요.

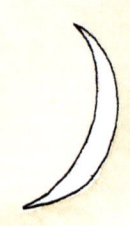

"오늘 수고하셨어요."
"분홍반 선생님도요!
 그래도 매일 데려가고 싶네요,
 누들 수영장은…."

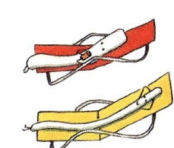

에구치 요시코 글

1966년 일본 니가타에서 태어났어요.
일본의 유명한 아동문학가 오자와 다다시 선생님의 동화창작교실에서 공부했습니다.
대표작으로는 『껍질을 벗기다 만 토란이』가 있습니다.

후리야 나나 그림

1961년 일본 도쿄에서 태어나 슬로바키아공화국 브라티슬라바 미술대학에서 석판화를 전공했어요.
슬로바키아에 머물면서 그림책을 짓고 있습니다.
2022년 『물의 요정이 사는 곳』으로 제69회 산케이아동출판문화상 미술상을.
2024년 『크리스마스 마켓』으로 제55회 고단샤 그림책 상을 받았습니다.
한국 어린이들에게 소개된 그림책으로는 『오늘도 바쁜 완두콩 할머니와 누에콩 할아버지』.
『도토리 도토리』. 『어느 쪽이 좋으니』. 『도깨비를 혼내버린 꼬마요정』. 『우아, 이럴 수가』.
『친구가 올까?』. 『미안해. 친구야』. 『내일도 친구지?』. 『너도 내 친구야』. 『친구가 되어 줄게』 등이 있습니다.

황소연 옮김

대학에서 일본어를 전공했어요. 출판사 편집자를 거쳐 현재 20년이 넘는 기간 동안
전문 번역가로 활동하고 있으며, '바른번역 글밥 아카데미'에서 출판번역 강의를 맡아 후배 번역가를
가르치는 일도 겸하고 있지요. 독자에게 따스한 미소를 선사하는 '미소 번역가'가 되기 위해
오늘도 일본어와 우리말 사이에서 행복한 씨름 중이랍니다. 옮긴 책으로는 『숲 속의 크리스마스』.
『처음 만나는 종이접기 놀이』. 『가정훈육 백과사전』. 『엄마의 지혜』. 『아이의 마음을 알 수 있는 방법.
어디 없을까』 등이 있습니다.

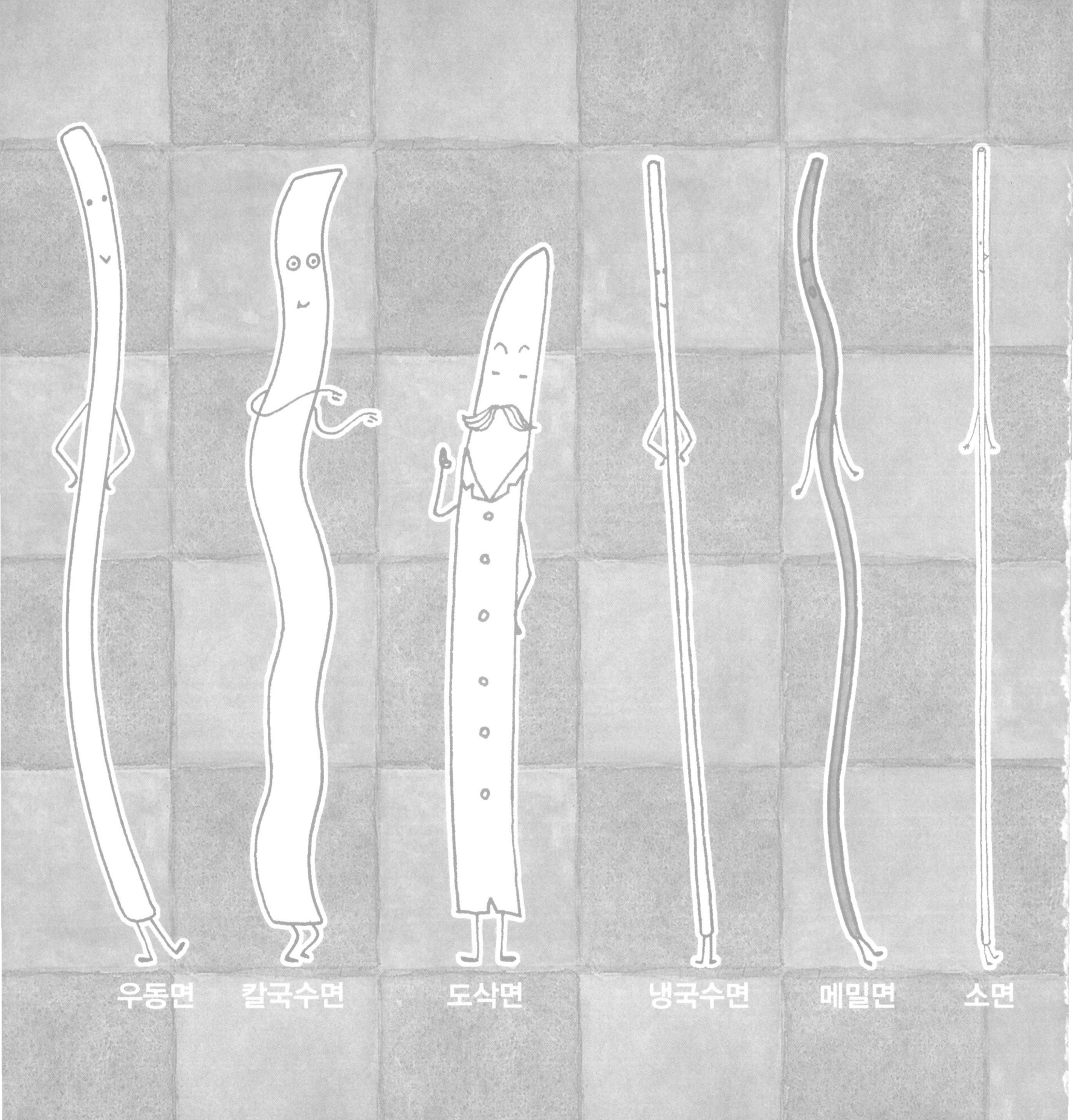

우동면 칼국수면 도삭면 냉국수면 메밀면 소면